Adeus, Pirandello

MARCO LUCCHESI

Adeus, Pirandello

MARCO LUCCHESI

2020. Adeus, Pirandello — Marco Lucchesi

Grafia atualizada segundo o Acordo Ortográfico da Língua Portuguesa de 1990, que entrou em vigor no Brasil em 2009.

Conselho Editorial:
Felipe Damorim, Leonardo Garzaro, Lígia Garzaro, Vinicius Oliveira e Ana Helena Oliveira.

Arte: Vinicius Oliveira
Revisão: Ana Helena Oliveira
Preparação: Leonardo Garzaro
Edição: Felipe Damorim e Leonardo Garzaro
Imprensa: Beatriz Reingenheim

Dados Internacionais de Catalogação na Publicação (CIP)
(Câmara Brasileira do Livro, SP, Brasil)

L934
    Lucchesi, Marco
    Adeus, Pirandello / Marco Lucchesi – Santo André - SP:Rua do Sabão, 2020.
    250 p.; 125 X 180 mm
    ISBN 978-65-991786-2-7
    1. Romance. 2. Literatura brasileira. I. Lucchesi, Marco. II. Título.

CDD 869.93

Índices para catálogo sistemático:
Elaborada por Bibliotecária Janaina Ramos – CRB-8/9166

Todos os direitos desta edição reservados à:
Editora Rua do Sabão
Rua da Fonte, 275 sala 62B
09040-270 - Santo André, SP.

www.editoraruadosabao.com.br
facebook.com/editoraruadosabao
instagram.com/editoraruadosabao
twitter.com/edit_ruadosabao
youtube.com/editoraruadosabao
pinterest.com/editorarua

"Quanto amore nell'odio"

Giorgio Caproni

Para quem me ensinou a canção da banda
A Orelha de van Gogh e a quem retribuí com o
concerto *Imperador* de Beethoven.

Prelúdio

Uma dedicatória. Por que afinal oferecê-la sem nome e destino? Pura estratégia narrativa, entre clássico e popular? Não imagino o que pode haver em comum entre a banda espanhola e o concerto de Ludwig van Beethoven. Tirando-se o *van*, fica a orelha: aquela cortada por Van Gogh e a outra, de Beethoven, perdendo vigor. Talvez a insinuação de uma orelha para a história que virá. Um poeta falou da educação dos sentidos. Proponho uma defesa da audição. Hoje, porém, um romance dispensa prefácio e dedicatória. Não passam de ruídos que desaceleram. Tiram a nitidez que fere parte do real. Se houver chance de atingirmos uma fatia do que chamamos pretensamente de real. Prefiro o lugar das erratas: novos ângulos, cruzamentos. Errata: enquanto *mea culpa*, confissão e desejo de não pecar. Mas também a errata perdeu o norte. O texto renasce, mais límpido, em segunda vida ou nova edição. Nenhum apoio externo poderá salvar o livro de suas falhas. Mas, por que perder-me com essa espécie em extinção? Justamente porque não funciona. Gosto do inútil, aprecio quando não tem valor. Afinal de contas, algo sem sentido obriga a emprestar-lhe um. Mordo sem apetite as nuvens peregrinas, agora, quando escrevo no jardim à beira-mar. Essa moldura me abduz para o futuro do pretérito. Sem chave ou previsão. Divago. Apátrida. Viajante imóvel. Procuro mitigar a solidão que me atribula, num cenário líquido e incerto. As personagens da história vivem sob a lógica do adeus e colecionam perdas. Passam do estado sólido ao gasoso e não alcançam o que esperam. Sem orelhas. Sem erratas. História interrompida: ovo de ornitorrinco, inadequado entre as partes. Fosse um ovo cósmico, de páginas híbridas, na frágil harmonia entre os mortais.

Não Haverá Fim

Passo os dias na pequena praia. Cercado de livros e pássaros. O mundo agora é o jardim e a maresia fere meu piano de umidade, mas ele ainda sonha e respira. Ouço a Nona Sinfonia. Beethoven criou o mundo em 9 dias e, portanto, não poderá haver fim. Ou se houver, será obrigado a renascer. Um par de orelhas para escutá-lo. E apenas o eterno meio-dia. Quantas leituras. Cada livro possui um relógio. Há os que funcionam, há séculos, sem dar corda. Tomo para mim a soma dos tempos, entro nas páginas de outrora, por atalhos breves, para não perder o fio. O relógio destas páginas perdeu a corda. Nada pontual, dá as horas quando bem entende, mundo breve e terminado. Mesmo porque a pandemia propõe formas curtas, no sentido anti-horário. Não posso deixar a moldura do jardim. Apenas cultivá-lo.

Quase

Assim, após uma quase dedicatória, seguido por violetas e bromélias, sob o rumor da história, colho as notas de uma quase narrativa, nas batidas de um relógio rebelde.

Marco Zero

Ouve-se um estampido na floresta da Tijuca. Alguém perdeu a vida ou terá sido o suspiro de um século? Não há novidade alguma em desnascer. Se até Mozart morreu, quem poderia invocar um só motivo para não abandonar este mundo? De mais a mais, não desenho a história de um crime. Talvez um pouco. Mas nem tudo é o que parece. A morte compõe o enredo, cuja duração mal começa e termina. A narrativa não vai além de duas semanas. Trata-se da viagem da Companhia Dramática de Roma à capital do Brasil. Fim do ano 1927. Não chega a trama de suspense. Não é tampouco o ritual da morte de Mário, se isso realmente aconteceu. O que sabemos do que nos cerca? E ainda: não temos ideia se estamos vivos e se outra vida seria mais fecunda. Sabemos de amores perdidos. Haverá nisso crime ou derrota? Não tenho opinião. Talvez tudo não passe de uma forma de morrer, sem apelo a instâncias mais altas, sob a espécie do amor.

[Negação, 2020

A pandemia avança na razão direta da negação. Não há tempo de velórios: corpos se avolumam, abrem-se fossas comuns, enquanto se agitam vendedores de milagres. Mais uma vez, a trincheira. O mundo se defende, ao mesmo tempo, da pandemia e do pandemônio.]

Mares

Sobre esta mesa de trabalho, vejo um retrato, em preto e branco, envolto pela névoa, cujo rosto se desmancha vagaroso. Névoa do tempo. A nitidez perdida. Um homem de meia-idade, baixa estatura, gravata borboleta e cavanhaque. Quixote refratário e assaltado pela dúvida. Passaram cem anos, mas o semblante não muda, velho e moço, ao mesmo tempo, como se dois espíritos o habitassem. Dois? Nem pensar. Formava legiões. O corpo atado à moldura dos botões do terno, dentro das casas, menos o primeiro, com a insígnia da Real Academia da Itália, à altura do peito. Chama-se Luigi. Siciliano de origem. Luigi Pirandello. Um dos maiores dramaturgos da história passou quinze dias no Rio.

Cisterna

Ele caminha no convés do *Duílio*, que zarpou de Gênova para Buenos Aires, com escala no Brasil. Olha para dentro de si e ignora o quanto é funda a sua cisterna. Ouve apenas o rumor das águas. Turvas. Sem fundo. A primeira viagem ao Rio deu-se em 1927, coroada de encontros belos e fatais. Volta agora, seis anos depois, acossado pelo enxame de jornalistas, que o persegue: picam, zunem. Defende-se como pode, armado de paciência, castigado pelas perguntas que até hoje reverberam: o limite entre real e ficção, vida e forma, ator e personagem. Se pudesse, eu mesmo gostaria de saber o lugar da humana condição e força do destino.

Ruiva

Sozinho, depois, e a bombordo, rememora o passeio de carro com Marta Abba, ao longo de uma Copacabana de solitário azul. Marta, último raio de Sol, praia deserta, ou quase, fora do tempo e do alcance de seus braços. A dama de olhos azuis e cabelos ruivos, úmidos de maresia e chapéu *cloche*. Tão bela e vítima de um exílio frontal. Como definir uma esfinge? Pisa a areia fina, espantosamente branca. O rosto de Pirandello, não o de Marta, traduz um sonho que o tempo consumou.

Ascensional

Entre Gênova e o sul do Atlântico, Pirandello perde algo que não sabe. Ou talvez saiba e não possa pronunciar. Um longo parêntese no oceano, como as interpolações de sua vida, suspenso numa bolha, em pleno mar, cujo vazio fere e magoa. Já não se tem a si mesmo, senão quando pensa em Marta, nas vísceras do navio. Hóspede. Prisioneiro.

M & L 1

Marta: Espere que eu diga tudo pelo telégrafo.

Luigi: Aguardo ansioso. Amo com ímpeto e obstinação o núcleo de suas palavras.

Juntas

Um passageiro se emociona quando o *Duílio* adentra a Guanabara. Tece uma ária de Verdi, declama como um médium: a baía é uma catedral barroca, formada de pedra, água e luz. O Criador foi desmedido, ao juntar imensa quantidade de água e terra para atingir um desenho expansivo, como quem despeja, de uma só vez, montes e lagos, com pressa de acabar, rascunho de cores fortes, afresco sem matizes. Baía diante da qual é preciso opor-se, para não ser esmagado pelo fulgor. Tal o desafio das personagens: que permaneçam juntas, que não se percam, nem se exasperem, quando se derem conta de que serão varridas pelo temporal da história, enquanto sobrevivem poucas frases.

Nome

Naquela primeira viagem de Pirandello ao Brasil, a de 1927, um diplomata italiano *toma aposentos* no Copacabana Palace. Servira em Santiago do Chile, antes do Rio, como segundo--secretário, homem culto e aristocrata. Fora das lides amorosas, afina os instrumentos de sentir. Chama-se Mário Guerra, se não me falha a memória. Nome: potência e desatino, omissão e destemor. Perde-se o rosto e o nome, quando se desnasce. Não sobra uma janela para o cosmos. E, no entanto, o que realmente significa *mundo* e o ato impuro de desnascer? Pirandello não admite finalidade no Universo. Seria um placebo ou veneno, essa estranha noção de fim. Somos filhos da escuridão. Como endossar um átomo de nossa identidade, se não sabemos quem somos e tampouco aonde vamos?

Coda

    Esse mundo perdido, que se vai, sem deixar rastro, esse mundo estranho e solitário, dentro do qual agimos e estamos, esse mundo que se decompõe vagaroso e fatal, esse mundo atende pelo nome de Mário.

Beira-Mar

A imprensa carioca noticia a primeira visita de Pirandello ao Brasil. *A bordo do Re Vittorio, rumo a Buenos Aires, passou pelo Rio de Janeiro a Companhia Dramática de Roma. Tive ocasião de aproximar-me do genial autor siciliano quando voltava ao navio da Navigazione Generale Italiana do passeio a Copacabana. Após declarar seu entusiasmo pela baía, juntamente com Marta Abba, sua primeira atriz, que o acompanhou na fugaz peregrinação à beira--mar carioca.* Talvez uma definição, indireta, sobre a vida, essencialmente peregrina e fugaz de Pirandello. Aberta para o mundo, como quem se afasta célere do passado. Tornava-se profeta do ainda-não.

Esqueletos

Cresci à sombra das páginas de Pirandello e nelas busquei matricular-me no entusiasmo da primeira juventude. Hoje, quando as coisas perdem brilho e se apequenam, Pirandello resiste. Sinto por ele o fascínio de outrora, algo incomum no pregão da bolsa literária. Quantos colegas de ofício conheci e que vantagem tirei de conhecê-los? Como quem assiste a um séquito de pontífices, ébrios com a própria vaidade, abismo entre vida e obra. Adivinho a objeção: a literatura não é um desfile de santos. Concordo. Uso a palavra *desfile* para evocar a descrição dos membros da efêmera Real Academia da Itália, segundo Pirandello, enfiados no traje de gala. Parada de esqueletos, cujos ramos, desenhados no fardão, parecem vértebras. Sei que a literatura não se resume a santos e milagres. Conheço alguns autores, vivos na aparência, despidos do traje de gala, que já não volto a ler, pois sua imagem se interpõe com violência na janela das frases. Melhor não houvesse conhecido ninguém. Tornaram-se ilegíveis. Com Pirandello, o contrário. Nem santo nem herói: esqueleto vivo, máscara nua, que fere e atordoa sem piedade. Sua obra: mundo luminoso, cheio de ruínas e lacunas. Delas se alimenta, esfaimado. E não barganha o preço das contradições.

[Sinfonia 2020

Segundo o delírio político, o coronavírus foi produzido num laboratório da China comunista para dominar o mundo... e outras delícias esquizoides. Volto ao piano, mais intenso, para a Terceira de Beethoven. Teclas marteladas.]

Poucos Ensaios

O maior perigo da moderna dramaturgia consiste no excesso de ensaios, diz Pirandello, pois flertam com a mecânica e tiram a espontaneidade dos atores. Prefere o gesto mais livre que propicia, na fixidez das marcações, maior frescor. A obra depende da palavra, da literatura. Os ensaios devem inspirar, não impedir as potências de Dionísio.

Ilusão

    Como se podem amar em camadas, vagas e oscilantes, dois corpos, que se afastam velozes, pequenos feixes de luz — intransitivos —, mais frios e impassíveis que as estrelas fugidias?

Agitação

Mário parece apostar alto no jogo. Todos comentam. Mas não há provas. Deixa o palacete da embaixada da Itália, em Laranjeiras para hospedar-se em hotel de luxo. Caminha arredio, nas vísceras do labirinto, expatriado como seus colegas, diplomatas, pronto a ganhar o mundo e a perder-se. Mania de viagem. Fuga infinita que se nutre de si mesma. Moto perpétuo. Incessante. Talvez um traço paranoide? Creio que não. Amor ao movimento? Alto nível de angústia. Não financio a psicanálise para sequestrar a literatura. Perdem ambas e não permitem que me acerque de tão fluida personagem. Mário é um bólido, que aposta na velocidade. Insônia e agitação.

Semifusa

Em 1927, Mário e Luigi hospedaram-se no mesmo andar do Copacabana Palace. Embora o primeiro "morra" nos idos de janeiro, Pirandello chega ao Rio oito meses depois. Não passou mais de uma noite no hotel onde Mário fixou residência. Ignoro se ambos se viram em outras plagas. Aposto que o diplomata foi leitor de Pirandello. Procuro um ponto comum, capaz de reuni-los, na costura do sonho com a história. Não encontro mais que o antigo hotel, onde também passei duas noites para saber-me, quase um século depois.

Nominata

A companhia de Pirandello, além de Marta, e sua querida irmã Cele, é composta por Lamberto Picasso, célebre pai na peça *Seis personagens*, Guido Verdiani, Rina Franchetti, que viveu mais de cem anos, Gilda Marchiò e Piero Carnabuci, ator de amplo repertório. No entanto, Marta e Picasso são as colunas sólidas da dramaturgia. Pirandello roubou-lhes a alma. Conhecê-lo era quase pactuar com o demônio. Seu teatro deixava marcas irremediáveis.

Ufanismo

Na coletiva de imprensa, em vez de dizer São Paulo, onde então se encontrava, em 1927, Luigi Pirandello disse Montevidéu. Não deixaram passar o lapso, éramos todos *ufanistas*. Esse desgracioso epíteto não corria apenas de boca em boca, mas circulava nas artérias de uma retórica desfalcada. "São Paulo!", gritaram, "São Paulo!"

Antes

Uma foto de Pirandello em Montevidéu, a jogar bocha, com garbo e intimidade, como fazem os colegas de sua geração. Marta não estava longe dele. O amor é igual ao jogo, requer habilidade, não força. O lance oblíquo ou retilíneo, na precisão do arremesso. Montevidéu não se mostrou indiferente a seu talento, mas foi o público de Buenos Aires quem lhe deu adesão radical e bilheteria. A Argentina havia de figurar como segunda Itália, para a qual há de voltar em breve. Não importa o país. Se Marta Abba tornou Luigi mais jovem, na viagem ao Sul — arremessando esferas! —, ela ampliou o estado de angústia de Pirandello, assim como o de suas personagens. Crescem nas feridas e espalham-se na dor, ao longo de uma clara solidão.

Público

São Paulo se enamora da Companhia de Roma. Uma onda de aplausos, dentro e fora das salas, debates candentes sobre o limite do eu, identidade e máscara. A recitação das peças dá-se em italiano e torna necessário o conhecimento da língua de Dante. Não faltava, na pauliceia desvairada, ou no Rio alucinado, quem a estimasse, embora fossem, os brasileiros de outrora, mais inclinados ao mundo gálico.

Lei de Newton

Em 1925, dois anos antes da primeira viagem ao Rio, Pirandello rendeu-se ao fascínio da deusa Diana, suspirada e apontada, entre os mortais, como Marta Abba. Luigi beirava os sessenta, enquanto Marta não chegara aos trinta. Beleza radiosa, distante de todos, como a estrela Polar. Luigi tornou-se presa de Marta, ambos inculpados, feridos pela soma das distâncias. Pirandello corre o risco de perder-se, como satélite de Marta, num campo incerto de gravitação.

M & L 2

Marta: A insónia não me abandona.

Luigi: A insónia é a face escura dos deuses.

Paisagem

Pirandello não aprova a nova arquitetura do Rio, como disse a Sergio Buarque de Holanda: *"Os arranha-céus, que não correspondem a uma necessidade, que não surgem espontaneamente da terra, são necessariamente uma expressão falsa de arte. Penso, de um modo geral, que a arquitetura no Rio é quase uma ofensa à paisagem. Deve-se procurar sempre uma linha correspondente à da natureza"*. Havia uma projeção nas palavras de Pirandello, a Sicília no Rio, ou a baía de Nápoles sobreposta à Guanabara. O modo de lidar com a paisagem, a estética da natureza e da cultura, havia de definir nosso futuro. A cidade como um jogo de cartas, disse-me um amigo: a especulação imobiliária não dispensou nenhum coringa.

Cogumelos

A linha da natureza foi engolida pela síndrome de altura e fome de espaço. O poeta Blaise Cendrars, no entanto, viajante inquieto, quase ubíquo, nas partes improváveis do mundo, não despreza os edifícios, que brotam inopinados na capital federal. Símbolo dos tempos novos, como os biplanos entre as pontes altas que unem os edifícios de *Metropolis*. Pirandello reprova um tempo sem História. Parricídio social de um passado, morto e sepultado. Uma cidade que havia de perder a memória. Crescem arranha-céus, em toda a parte, iguais aos cogumelos selvagens nos bosques da Toscana.

[Mare Clausum, 2020

Quase não há leitos nos hospitais. O vírus mostra seu rosto cruel, enquanto um tropel de mentecaptos defende a volta da ditadura. Tempo de ampliar provisões. Não sair de casa.]

Entranhas

O Rio de Janeiro cresce em zonas multifárias. Cidade tentacular, que se desloca, entre morros devastados e aterros a perder de vista. Cidade que o futuro roubou para si. Puro dinamismo. Naufrágio de antigos barcos no asfalto, onde se afogam capitães. A zona portuária e os bairros distantes ampliam-se vertiginosos para que os moradores refluam, cedo ou tarde, às suas entranhas. Da cidade dos vivos à cidade dos mortos, subsiste uma frágil membrana. Talvez menos.

Sonata

Mário assume seu destino. Propõe uma sonata de adeus. Some sem deixar vestígios. Como os rastros de Marta em Copacabana. A cada dia perdemos nossas marcas, dilacerados na memória do que fomos e do poderíamos ter sido.

Javalis

Folheio o álbum de recortes da Companhia Dramática no Rio. Tudo mudou desde então. E por que não havia de? Pirandello, àquela altura, não amava arranha-céus, profeta de quanto se perdeu. Não poupamos sequer a Rio Branco, ao longo da qual Marta e Luigi caminhavam, do Palace ao Teatro Municipal. Hoje uma floresta de concreto, petulante e inexpressiva, matou o sotaque da belle époque. Resta um bosque de cogumelos venenosos, por onde passam javalis e ornitorrincos. Metafóricos. Mas passam. Ferozes. Indiferentes.

Réquiem

Morrem antigos palácios. Desabam velhas casas. Formamos uma procissão de mortos. Sonâmbulos do agora, presas inertes de um mundo que termina. Se uma cidade pouco a ao pouco se desfaz, a obra de Pirandello aumenta sua demografia.

M & L 3

Marta: Depois das caminhadas me sinto mais triste.

Luigi: Não foi assim quando nos perdemos na rua da Alfândega, as mãos vazias, de volta ao hotel, sob a tarde moribunda.

Farsa e Tragédia

Não podemos esquecer o ensaio penetrante de Pirandello sobre o humorismo. Quando começamos a rir em suas peças, é preciso redobrar a atenção, porque o riso é o aperitivo do drama, que o antecede, impiedoso. Humorismo como sentimento do contrário, coisas que não podem estar juntos e infundem piedade por formarem contradição. Para Álvaro Moreyra, *Pirandello botou no palco a verdade triste, a amargura sem remédio e as tragédias, com modos de farsa, doem na sensibilidade e rebentam em risos na inteligência*. Quase como quem diz: pensar com o coração e sentir com o cérebro. Tudo é mais profundo e dilacerador.

Lei Geral

Personagens não abdicam de sua eterna juventude. Somente os deuses sabem como libertar-se de um tempo sem fim.

Nota

Não confirmo o que dizem os jornais sobre a suposta dívida de Mário. Todo o cassino guarda um segredo nas entranhas. Especular a *causa mortis*, se de fato houve, abre uma falha geológica pessoal. O diretor do Copacabana desmente a hipótese da dependência do jogo. A morte de Mário não pode manchar ícones tão famosos, como a praia e o hotel. Indago se houve motivo severo para desviver, ou se preferiu forjar a própria morte, criando modos potenciais.

Nota

Que raro privilégio, esse, o de apagar a primeira vida e fazer dela rascunho para outra, sucessiva. Mais firme agora e recomposta, livre de culpa e temor. Nova orelha: errata e dedicatória.

Petição

Se Marta estivesse com Pirandello, estaria ele menos disperso e torturado? Marta, protagonista natural, seu amor platônico, digamos, há exatos oito anos o avassala. Já não pode viver em Roma, exilado entre Paris e Berlim, ou, como agora, no insuspeito Atlântico, antes de fazer escala na capital do Brasil. Pirandello sonha o que Marta jamais prometeu.

Quarta Parede

Sete anos antes do Nobel, concedido em 1934, não há quem não tenha ouvido falar de Pirandello, da revolução do teatro, a queda da quarta parede, o Shakespeare do século XX. Àquela altura, no entanto, Pirandello mostrava-se, ao mesmo tempo, um vulcão ativo e uma casa mal assombrada. Quem poderia fugir aos dentes incisivos do destino?

Ocasião

No cais da praça Mauá, em 1933, zarpa o navio para a Argentina. Pirandello tem um rol de compromissos, a partir da estreia de *Quando se é Alguém*: revisa partes da peça, imprime nova direção aos ensaios, muda o papel dos atores, metido em mil palestras e entrevistas. Ocasião feliz para abraçar Lietta, sua filha, que veio de Santiago, onde vive com o marido e os filhos, saudosa e enamorada do pai. Juntos, no café Tortoni.

Território

Coleciono artigos da crítica, em atitude oposta ao silêncio de Luigi, na última quadra de sua vida. Folheio os jornais de outrora, como quem olha num telescópio invertido, apontado para os homens. Eis o método de Pirandello, telescópio do céu para a Terra. Mesmo assim, perco o essencial: as impressões da primeira viagem ao Rio, o desacerto do mundo, quando aplauso e entusiasmo dessangram o coração. Não me oponho às circunstâncias. Firmo um pacto entre o que somos e as formas que me abatem. Um dialeto hedonista. Mas Pirandello é inquilino de uma inamovível solidão. E Marta, a seu modo, é fonte de guerra interior, sem remota chance de armistício. Ambos partilham o mal estar de Mário, de não saber exatamente quem são, para onde se movem e por quê. Confesso, de minha parte, a mesma dor, de que espero, cedo ou tarde, libertar-me. Se houver chance, ainda que irrisória.

Partículas

Perde-se a glória no triunfo do silêncio. Como provar as partículas de infinito que nos ferem a cada segundo? Já disse algo parecido. Meu Deus, começo a repetir-me! Talvez porque no fundo emerjam, em meu espírito, essas mesmas partículas de infinito que me escapam. O espelho do presente que deforma o passado. Mediunidade? Ora, direis... Crimes e fantasmas açoitam estas páginas. Mais fantasmas que crimes. Alguém responda, desde já, aonde me vou.

Consanguínea

Tarde deserta. Havia um silêncio mineral, sem folhas erráticas, sem vento. Ia ansioso para alcançar o azul de seus olhos. O violão rompe o silêncio, prestes a inundar de pranto aquelas árvores tão brasileiras, fustigadas pelo sol, cáusticas e ardentes. Alguém dedilha o *Carnaval* de Schumann. Tão consanguínea a solidão de Marta.

Teatro de Revista

Fascina-me pensar o cotidiano de Pirandello nas ruas do Rio. Trago informações do Almanque Laemmert, das redondezas do hotel, as lojas por onde Marta Abba passou, desde o Largo de São Francisco, na vizinhança, que se alarga, na visita à Academia Brasileira de Letras, no almoço do Sul-América, na reunião dos intelectuais na sala de leitura do Palace. Lembro sua ida ao teatro Recreio: *O grande escritor italiano Luigi Pirandello, que nos honra com a sua visita, acompanhado da ilustre intérprete, a notável artista Marta Abba, assistiu anteontem à representação da aparatosa revista A favela vai abaixo! Associando-se aos aplausos, provocados pela radiante alegria oriunda dos quadros e dos números da peça, premiando autores e intérpretes, Luigi Pirandello, ao final da representação, teve o ensejo de externar os mais francos encômios ao nosso teatro de revista, não só pelo carinho e bom gosto evidenciado nas montagens, mas também pelo apuro de desemprenho e mise-en-scène e, principalmente, pela riqueza de ideal de nossos revistógrafos e partituras para esse gênero de teatro. É um espetáculo a que se assiste com maior prazer, disse Luigi Pirandello, numa agradável e constante absorção dos sentidos.* Gostaria de observar o teatro de seu rosto, meu caro Luigi, o palco de seu rosto, como dizia Artaud, seu rosto e o de Marta, que comentavam, em voz baixa, o que viam, abraços efusivos, gestos de mão dupla na vida social carioca.

César

    Só não imaginei que o teatro de revista pudesse arrancá-lo do método da parcimônia. Crítico severo, perde a medida ao tecer "os mais francos encômios". Gesto diplomático? Ainda que *A favela vai abaixo* fosse uma de nossas melhores páginas no gênero, o artigo não deixa claro o limite entre o juízo de Pirandello e do jornal. Será preciso dar a César o que é de César, antes mesmo de acusá-lo. *In dubio pro reo.*

Parte Alta

    Mário retira-se à queima-roupa do Copacabana Palace, deixando aberta a porta do quarto, como quem se precipita, alucinado, em busca de uma estranha liberdade. Antes de sair, arruma os papéis na embaixada, distribui os pertences aos empregados, sem dizer palavra. Como se estivesse atrasado. Toma em seguida um bonde para Águas Férreas. Corre. Melhor não hesitar diante de um encontro inadiável.

Hipótese

Abre-se impiedoso o capítulo da morte ou algo que o valha. A cena do Silvestre não se adequa ao teatro de revista. Inclina-se mais para o drama de Shakespeare. Sem unidade. Sem cordas vocais. Sem monólogo. Mário Guerra despertou de uma rude ilusão e, por isso mesmo, foi buscar a parte alta da cidade, para dar cabo à própria vida: é o que dirá, unânime, a imprensa. Ou então renascer, inspirado no eterno retorno, urdindo a morte civil, para libertar-se da trama cartorial. Entre as hipóteses, meu coração balança.

Migalha

Como quem encarna duas vezes, sob os selos da burocracia: vida paralela, de si mesmo para a outra parte de si, duas retas que talvez se encontrem na migalha de infinito que nos foi concedida pelos deuses.

A Espera

Seus olhos, Pirandello, tingidos de melancolia. Esboço do sorriso que se espalha, tímido e apagado, no canto dos lábios. Desaba a solidão quando restam sete anos para pedir as contas. Marta revisa as peças. Os deuses do teatro reconhecem a adesão e a confiança da jovem atriz. Desce ao limite intangível da personagem, inferno e loucura, um pedaço de sombra e ilusão. Marta acolhe no corpo os fantasmas de Pirandello e o seu pacto de sonho e sangue se aprofunda. Quase um deslocamento amoroso. Se os deuses do teatro louvam a devoção de Marta, os deuses do amor hesitam. Inquietos.

[Tosse, 2020

Não tenho febre. Olho de longe as pedras de Itacoatiara. Deito-me no chão e olho o azul do céu. A passagem das nuvens me fascina desde a infância. Como se um deus legislasse o azul. Uma tosse de leve. Páginas de Boccaccio.]

Lábios

Pirandello caminha de ponta a ponta no hall do Palace. Marta demora-se no quarto, enquanto Pirandello naufraga na poltrona da recepção para logo depois emergir, das águas de um mundo silencioso, com a palavra muda à flor dos lábios. O espectro do não-ser na frase impronunciada. Geometria por onde flui o pensamento, enquanto as coisas choram.

Tempo

Na casa de Luigi em Roma, vejo a dedicatória de Alceu Amoroso Lima ao dramaturgo e de outros intelectuais brasileiros. Muitos o conheceram de perto, no Rio e São Paulo, dentre os quais Álvaro Moreyra, Coelho Neto, Humberto de Campos, Mário e Oswald. No espaço destas linhas tortuosas, ensaio uma dedicatória em pouco mais de cem páginas, enquanto morro de calor, plantado no jardim como as bromélias. Essa canícula de inverno, inesperada em meio à pandemia. Deixo-me viver de amores esquecidos, meramente cartáceos. Dedicatória imperfeita a Pirandello, como as orelhas de Beethoven e Van Gogh.

Municipal

    Bastou que Marta descesse, luminosa e melancólica, para arrancá-lo do mar interior, no qual se debatia, a metros de profundidade. Bastou que ela baixasse, do céu para o térreo, num elegante vestido azul, para tornar a despertá-lo. Pirandello a cumprimenta, com a emoção do primeiro encontro. Marta responde, entre fria e gentil, que era preciso chegar a tempo ao Municipal. Ambos vivem fusos diversos. O relógio da alma. Ou talvez a alma do relógio. Um coração indaga as horas, enquanto houver outro que bata intermitente.

Fronteira

Marta — essa que Pirandello conhece e ignora — vive de extremos, sem os quais perderia a identidade. Alto seu isolamento, mesmo quando não. *Vale a pena viver só para viver cada vez mais só?* A pergunta de um poema que remeto a Marta, que se nutre de rebelião e melancolia. O mundo lhe parece inóspito e fugaz, em que pese a profusão do aplauso. Move-se com passos de veludo, mais defensiva que um felino. Mostra as garras apenas quando não sabe fugir. Olha para o céu sempre que pode. Azul contra azul. Ela possui algo de Mário, nascidos ambos para um destino vaporoso e mercurial. O que se pode ouvir disso tudo?

Nota

Ouço o segundo movimento do concerto Imperador de Beethoven. Mas por favor, com Glenn Gould ao piano. Sobretudo quando amplia o valor das notas. Aumentando a partitura e a narrativa.

O Crânio

Seu retrato, Pirandello: caneta enterrada no bolso, para uma frase ou palavra, incitadas pelas cores do Atlântico, quando a distância de Marta é puro incêndio. A caneta indica a verve criadora, mesmo em dias de abandono: a espuma das frases, manchadas de ironia. Pirandello possui a miniatura de um crânio, desnudo, igual ao seu, onde enterra o chapéu para proteger-se do Sol. É antes um amuleto, com uma ponta de escárnio: "Ó crânio, como sorris tão vazio: que vida sem sentido a tua: mas eu também sorrio como tu". Incerto, enganoso, aquele sorriso, veneno com que se vestem os desencantados, com o qual também nos adornamos, seus leitores, vítimas de um século de guerra, ilíquida e perene.

Narcisismo

Não possuo amuleto ou palavras mágicas. Apenas um crânio. Colho a derrisão de seu rosto. Não me refiro à caveira de órbitas vazias, mas ao retrato, cujo olho direito reponta mais dilatado que o esquerdo, minguante como a Lua sobre os arcos da Lapa. A sobrancelha gótica, forjada pela dúvida: ponto de inflexão e tempero da melancolia. Os lábios crispados esboçam um sorriso, dos que não se iludem, dos que sabem de perto, e desde as vísceras, o perfume das coisas e aceitam um buquê de espinhos.

Stop!

    As fotos de Luigi me embaraçam. Fiquem de uma vez trancadas na última gaveta da mesa onde escrevo. Está decidido. Não quero voltar ao rosto. Ele me segue com desdém, como se não fosse um amigo ideal. Aboli os espelhos da casa. Fujo das superfícies lisas que me capturam. Imagem pouco nítida que não traduz quem sou e as razões decomponíveis que herdei. Bem outro o narcisismo que me fere.

[Negar a Peste, 2020

A História jamais se repete. Talvez. Mas alguns mecanismos se reiteram. A história da peste, ou do vírus, começa pela negação: não existe, é fruto de histeria. Até que a onda avança, cada vez mais, furiosa e não poupa ninguém. A peste de 1629 está no romance de Manzoni. Não inventaram sequer o negacionismo.]

Semivivos

Ninguém achava que Pirandello pudesse morrer àquela altura. As seis personagens e outras milhares atingiram foros de eternidade. E não o deixavam em paz. Nelas se eterniza Pirandello, pele tatuada pelo criador, quer nos golpes da máquina de escrever, quer no rumor de fundo, audaz e crescente. Pirandello se debate com a malta de espectros. Parecem perturbá-lo, entre ser e não ser, espécie de Hamlet a olhar o céu vazio, indagado sobre as máscaras nuas. Começa a rota de fuga das personagens, que cumprem um destino fixado para sempre.

Profusão

Seja como for, Pirandello inaugura uma vida nova. Para ele, Sancho Pança e dom Quixote tornaram-se imortais, portadores de mútua sinergia. Eterna é a personagem, porque dispõe de um único papel, desde o batismo de cada átomo e parcela de seu criador. A obra não conhece fim, e nem tampouco a criatura, ambas crescem mutuamente em volume e abundância. Mas como é triste a eternidade: o retorno invariável, sem chance de mudança e demissão.

Caos

Pirandello nasceu em Cávusu, nome que deriva, segundo nosso autor, do grego caos, *χάος*. Se a ideia é feliz, perde espaço o rigor da língua. Declara-se filho do Caos e da vicissitude. Filho do Caos e da Luz. Penso na filosofia da lanterna, segundo a qual a treva pode mais que a claridade, pois se a primeira revela o que não somos, a segunda nos confunde, ou consome, de ilusão.

Nota

A filosofia da lanterna é de Luigi: não tomo para mim a fortuna de terceiros. A bem da verdade, o acréscimo que fiz, entre ilusão e claridade, não lhe pertence. Uma licença poética, a que não pude resistir. A mesma que Pirandello usou, digamos, na derivação de *Cávusu*. Também tenho um breve repertório. E a essa altura, quem não se reconhece filho do Caos?

Mosaico

Volto depressa às últimas frases. Acabo de cometer um equívoco: a luz que vence a treva, o bem contra o mal, de cujo teatro de sombras somos fantoches. Nada disso. Risco de imediato ~~Filho do Caos e da Luz~~ e deixo só *filho do Caos e da vicissitude*. Assim não abandono o círculo de Pirandello, mundo sem claridade ou redenção. Para ele, o homem é um mosaico irregular, composto fugaz de embates subjetivos, na dialética inegociável entre vida e forma. Como os remédios que me levam ao precipício, noite após noite, depois de tanta insônia, onde começo pouco a pouco a naufragar.

Asno

Sou contraditório. Assumo. E que ninguém me censure. Abro a gaveta onde exilei Pirandello durante quinze dias. Não consegui eliminá-lo como pretendia. Deixo de honrar minha palavra. E não sei onde me escondo. Folheio o álbum que organizo e me deixo encantar com o *diálogo* de nosso autor, diálogo frontal com o asno, diante de cujo olhar *não há filosofia que se sustente*, bafejados ambos, Pirandello e o asno, pelo sopro da melancolia que os une. Também houve sopro e comunhão entre Marta e Luigi. Até certo ponto, intransitiva. Li, jovem ainda, o *Asno de ouro*, onde Lúcio é o herói que passa da humana condição para a asinina, sofrendo como poucos, mantendo o espírito igual, mas com a pele dura, o pelo áspero, o rabo indigno.

Humilhado a mais não poder, readquire, por determinação de uma deusa, o ansiado aspecto original. Desde então, guardo não pequena empatia, diante do suspiro dos mamíferos. Como se ouvisse uma voz familiar, um espírito fraterno e desditoso.

Letes

Ardem na pele suores noturnos. Como suportar, Mário, o vazio que aperta sua garganta? A vida passa como um rio caudaloso, em cujo dorso flutuam troncos, folhas cediças, cardumes. A fria correnteza do esquecimento não perdoa coisa alguma. Como não buscar a promessa de mundo novo, enquanto somos arrastados, rio abaixo, rumo ao desconhecido?

Máscaras

Pirandello assiste a várias sessões mediúnicas, quase sempre à meia luz, mesas ruidosas, flutuantes, alvos lençóis, velas recurvas de um barco, vozes roucas e desafinadas. Pirandello não adere ao tema. Custa saber quem vive na forma de inseto, alma e nuvem. Para ele, o exercício mediúnico é um repertório de máscaras desenhado nos fragmentos de nossa identidade fugidia.

Morto Vivo

Um fato me impressiona. A alma de Pirandello visitou, não sei dizer como, nem tenho provas, um médium de São Paulo, a quem ditou rios de tinta. Confesso meu assombro e inconformismo. Ao que parece, Pirandello esbanjou frases, capítulos inéditos, enquanto outros, como eu, que seguimos seus passos ambíguos, médiuns sem espíritos, ou qualquer coisa de intermédio, jamais tivemos uma pista que desvendasse duas ou três zonas ficcionais. Pirandello não se materializou diante de mim, como branco e viscoso ectoplasma, não se mostrou no canto de um pássaro inesperado, nem tampouco nos latidos que me revelassem o homem encoberto na forma de um cão. Pirandello não me deu uma só palavra, mísera e breve que fosse, nem surgiu nos meus sonhos. Nada. Zero. Aliás, menos que zero. Pirandello, você traiu os laços de amizade póstuma que estreitamos, ao longo de décadas. Desprezou minha faina beneditina, manhãs e tardes religiosamente curvado em seus *missais*. E qual terá sido meu salário? Um silêncio hostil, fechado a sete chaves. E sobretudo: uma dor aguda na vértebra T 12, justamente porque me debrucei anos a fio em seus mistérios.

[Números, 2020

Os mortos terão de ressuscitar, segundo as diretrizes oficiais. Não exatamente os corpos, porque todos devem morrer algum dia, segundo sábia e recente consideração. Primeiro objetivo: negar a pandemia. Depois, rever o número de mortos. Ressuscitá-los mediante a tortura dos números. Desidratar as estatísticas.]

Insônia

O vento açoita o rosto de Mário, enquanto corre veloz nas ruas noturnas, quase vazias, da capital, envolvido no mormaço do verão, que aos poucos se atenua, passada a meia-noite. Não vai sozinho, mas de mãos dadas com a insônia, para fugir de seus terrores. Como num mundo ilusório, passam diante dele, velozes, fileiras de casas e janelas, todo um mosaico oscilante de luz. Clientes bêbados e mulheres livres. Cães andarilhos, uivando para um céu kantiano de estrelas: tantas e tamanhas, que o plenilúnio ordena como pode e distribui. Mário segue a setenta na moto Wanderer, cujo farol corta caminho no Flamengo. Tomará com suas mãos o guidão incerto do destino? Deixa para trás o antigo Pharoux. Cumprimenta, sem maiores delongas, a estátua de Osório, o cais do peixe e a rua do Mercado, para alcançar depois a Primeiro de Março, em disparada, num círculo que o devolve à Beira-Mar. Detém-se, cansado, às duas da manhã, nas cercanias do Hotel Central, olhando o Pão de Açúcar, a dilatar-se como a noite, a poucos graus abaixo do luar.

Nota

Mário acaba de tomar a decisão de seguir para o Silvestre. E ninguém seria capaz de demovê-lo.

Cinzas

Já não lhe assiste, Pirandello, o direito de morrer. Mesmo assim, as disposições finais exalam destemor: simples mortalha sobre o corpo, nenhum anúncio fúnebre, charrete de terceira, sem amigos ou parentes, apenas cavalo e cocheiro. Os restos mortais devem arder, esparsas as cinzas. Nascemos sem pátria e, cedo ou tarde, voltamos às tenazes do Nada. Se não pudessem dispersar as cinzas, fossem depostas sob uma pedra no Caos.

Moldura

Pirandello flertava com a eternidade. Algo dentro dele parecia mais jovem, não propriamente as feições, mas a forma de apoiar o cotovelo no balaústre, além do jogo bissexto de bocha. E não somente. Pirandello estuda o silêncio de Marta no jardim, intuindo o que não sabe, de outra e mais antiga juventude. Assim também parte dessa história, que resiste, antiga e nova, num jardim à beira-mar, fora da moldura, no silêncio das vozes que se apagam, tragadas pelas ondas do presente.

Única Vida

Pirandello é a janela de Marta. Sacerdote tutelar de sua deusa e atriz, cuja liturgia e sacrifício são prestados na boca de cena, entre Apolo e Dionísio. Para Marta, "representar Pirandello não significa um simples divertimento, porque Pirandello é a vida, a única vida possível e valiosa".

Medo

Marta é essencialmente atriz e, a seu modo, coautora, ao estimular Pirandello na criação, revisando as cenas e o timbre dos atores. Disse-lhe: "não tenha medo de não escrever como Pirandello". O destemor cria mudanças de plano e uma serie de metamorfoses. Ele também, morto e renascido, no labirinto do desejo, buscando novas e indevidas inscrições.

Be Silent

Quais as melhores palavras, Marta, aquelas que precisam ser pronunciadas e as que devem morrer sob o peso da angústia? Quase me ponho a seus pés. O silêncio abre distância entre as palavras, sendo capaz de salvá-las no limite extremo. Quem sabe Marta representa para mim outro nome que perdi, secreto, entre números, figuras? Quem sabe Luigi e Mário também me traduzam, de modo imperfeito, é bem verdade, e visceral? Dito isso, saio de cena, da qual não faço parte, senão como intruso. Onipresente? Impossível: não almejo e nem alcanço. Cara Marta, não voltarei a prostrar-me a seus pés. Juro que não. Como poderia, aliás, fazê-lo sem ofender a memória de Luigi?

Queda

Um chapéu multicor nos arredores do Museu de Belas Artes. Prisioneira da imprecisão, Marta flutua, a cada passo, nos desafios do tempo morto, como quem adivinha a rede espessa, na iminência de cair.

Exatidão

Havia, de parte a parte, um surdo abandono, torrente passageira, angústia de não realizarem, Marta e Luigi, a exata solidão em que se perdem.

Roleta

Mário indaga suas ínfimas tensões. O espaço cósmico não para de crescer, ao passo que os afetos se desmancham. Melhor que as tardes abundantes não formem embriões do medo e que a mecânica celeste se habilite a decompor a trama do destino. Mário não possui história. Ou melhor, recusa-se a convocá-la. Vive apenas do presente, dos jogos de azar quando a noite se prolonga mais escura. Haverá nisso uma teologia insensata, um insondável pacto noturno? Mas o que fazer, afinal, se Deus, em pessoa, parece jogar dados?

M & L 4

Marta: Não tenha medo de deixar de ser Pirandello.

Luigi: Salva-me no teu seio. Deixarei de ser quem sou quando me afasto à deriva de mim, para sondar teus dias.

Vozes do Além

Abro o livro "póstumo" de Pirandello. Não sem resistência, não sem uma pequena ponta de — talvez — ressentimento. Preocupa saber como vive na comarca dos espíritos, a casa e o endereço. Sobretudo as condições climáticas: se faz frio ou calor. Se vai na companhia de Deus ou do Diabo.

Fatal

A voragem atraiu Mário e o vitimou, diz o Correio da Manhã. A polícia reconhece o cadáver, embora de forma indireta. Não havia rosto, apenas a visão fatal. Como reconhecer uma cabeça desfeita e lacunar, presa ao tronco de um cadáver esquecido, às margens da floresta da Tijuca?

Estilo

Não faltou elegância ao morrer: terno de casimira escura, camisa de seda, chapéu de feltro, sapatos amarelos. Parece um diplomata. Lembra um diplomata. Só poderia ser um diplomata. O revólver era de alta qualidade: *Smith and Wesson* e uma cápsula deflagrada. Bastou apenas um tiro. Na etiqueta de fazenda branca, pregada no forro do paletó, lia-se *MG*.

Gênio Maligno

As iniciais de Mário Guerra seriam suficientes para encerrar o inquérito? Para inventar a própria morte e libertar-se do rascunho, bastava um corpo análogo. Melhor: a face disforme e incompleta. A polícia atesta que seu corpo fora encontrado na floresta da Tijuca. *Causa mortis?* Suicídio.

Nota

Hesito diante do relatório policial. Leio uma página de Descartes, primo de Mário e Pirandello, e assim empresto método ao espectro infinito de tudo que não sei.

Nada de Ciúmes

Como dizer a impressão que me causou a obra póstuma de Luigi? Sejamos francos, de uma vez por todas: livros capazes de devastar uma reputação. Nem mesmo os louros do Nobel escondem a queda de estilo. Ninguém diga que ando enciumado. Trata-se de uma defesa qualitativa. Ou pelo menos, admito, sim, admito a contragosto, uma ponta de ciúme. Irrelevante. Incipiente. Para mim, Luigi pode bater à porta do médium que bem quiser e ditar-lhe a *Bíblia*. Não me incomoda. Incorre no vício frequente dos colegas de além-túmulo: a insensata logorreia. Nenhuma dessas páginas, caro Pirandello, nenhuma delas ficará de pé.

Não!

Permita-me um conselho: não torne a escrever. Não desaponte os leitores, não aborreça os críticos, não corteje os desarmados. Não permita a atrofia do estilo. Abjure cada sílaba, frase e palavra. Argumentos? Diga que foi mal interpretado, que um espírito perdulário e brincalhão assumiu seu lugar e que há muita coisa entre o céu e a terra. Converse com Orestes, com Hamlet. Ou descanse. Não amplie inutilmente o volume da obra. Abjure. Não endosse a inflação das palavras dos vivos, que seguimos, ruidosos papagaios, nesta margem breve e provisória do Aqueronte.

[Emplastro, 2020

Carreatas a favor da morte. A teologia da prosperidade exige grandes somas para vencer a morte. Há quem defenda a cloroquina. Sementes. Feijões mágicos. Ervas prodigiosas. Sugiro o emplastro Brás Cubas.]

Diplomacia

O embaixador da Itália, Montanha, acabou parindo um rato, ao soltar a nota da morte de Mário, sem um mísero sinal de empatia: *o corpo diplomático da capital federal lamenta seu desaparecimento. Conquanto o gesto tresloucado do diplomata possa ser atribuído a dificuldades de ordem financeira, deve-se excluir qualquer suposição que o mesmo houvesse atentado contra a vida em consequência de prejuízos sofridos no jogo.*

Nota

Não direi nada sobre a nota. Lavro aqui meu protesto. Sem palavras.

Escola

Intenso escritor quando vivia, e igualmente ativo após a morte, no campo da mediunidade, Humberto de Campos promete estrear na tribuna com um tema inovador. Ao ser indagado, responde: *Você anda atrás do assunto? Eu sou como Pirandello, os assuntos é que andam atrás de mim.*

Urca

Marta e Luigi acompanham os amigos em visita ao Pão de Açúcar. Assoma, nas alturas do Rio, a gramática indomável da paisagem, a desordem de serras e montanhas que abraçam a Guanabara. Um todo plasmado com furor: a ordem dentro do caos e o caos dentro da ordem. A paisagem resume o laço entre Marta e Luigi, assim como a foto esclarece como andam juntos e, ao mesmo tempo, divididos: quem mais livre, quem mais torturado. O desenho da baía decifra parte do que vivem (ou desvivem) essas personagens de carne e osso: a ordem no caos, a lógica do excesso e a feroz contenção.

Cerebral

Na estreia carioca do Teatro d'Arte di Roma, o público não chegou a um terço do Municipal. Houve no mesmo dia séria concorrência com o baile no Guanabara. Um segundo motivo era o de haver terminado uma longa temporada francesa e uma ampla série de concertos no teatro e com nomes célebres da música lírica. Mas a fama de um teatro cerebral como o de Pirandello, aliada à representação em língua italiana, tornavam-se obstáculo não transponível para muitos. Mas quem foi levou seu absoluto entusiasmo.

Pois é Isso

A Companhia do Teatro de Roma foi em peso assistir à vesperal de gala da peça *Pois é Isso*, de Pirandello, no Trianon, encenada em português, sob a direção de Jaime Costa e Belmira de Almeida. O título da peça perde vigor: teria sido melhor *Assim é se lhe parece*. Pirandello aprova os atores e a montagem, a ponto de beijar o rosto de Jaime, considerado por todos como patriarca do moderno teatro brasileiro.

Fantasmas

Arrolo a observação da crítica fluminense: *A diferença de Seis personagens à procura de autor. A encenação de Pirandello sobressai pela naturalidade fluente nas linhas gerais e nos detalhes, com o pano em cima da cena, para lembrar uma caixa que espera a hora do ensaio. Nicodemi fazia os personagens saírem no fundo da cena, como se fossem fantasmas, ao passo que Pirandello os fez sair da plateia, da vida comum, obtendo maior impacto. A cena permaneceu todo o tempo aberta, sem cortina, até o fim.* Houve na Europa daquele tempo encenações drásticas e nada fidedignas aos *Seis personagens*, através de efeitos góticos. Pirandello jamais sancionou tais desmedidas. Nada que fosse artificial. Bastava uma direção minimalista. O estranhamento viria apenas de gestos e palavras.

Corpos

Sondo as personagens com raiva e amor. Um sonho me arrebata, no escuro jardim onde procuro atendê-los. Vejo corpos autônomos, enlaçados, muito embora, por um destino cruel, vida eterna da forma, que plasma e aprisiona as personagens: uma vez alcançada a plenitude, torna-se cláusula pétrea. A imortalidade soa como um peso inelutável. E uma voz petulante sussurra: seria melhor enfim não ter nascido.

Terra

Marta, mais radiosa, desfeita em sua ferida primordial: águas inundam a intimidade, abalo sísmico, cintila o corpo arrebatado. Ignoro se Pirandello diria tanto. Sou eu quem me dirijo a uma figura de papel, a uma forma imponderável. E apesar de tudo, é essa mesma figura, viva e inconsistente, amada e não amada, que me traz de volta para a vida.

Substância

O título não faz sentido na filosofia de Pirandello. A substância serviu de âncora para a metafísica. Determinou axiomas irredutíveis. Pirandello migrou da substância para os acidentes. Ou melhor: deixou o que era firme pois descobriu, como disse o poeta, que só o fugitivo permanece e dura. Seja como for, seguem as considerações de Cláudio de Souza, na Academia Brasileira, ao receber Pirandello: *Somos os organismos com aparência de vida. O papel, a tinta a pena com que escreveis são a substância sem vida. Passaremos nós, passareis vós, mas de nós e de vós ficará em vossa obra a imperecível definição de nossas torturas e de nossas alegrias.* Cláudio com rara intuição abriu a fronteira. Não sabemos quem é personagem de carne e celulose.

M & L 5

Marta: Deitada na cama vejo o céu através das janelas que iluminam o quarto.

Luigi: Uma distância inabordável nos divide. Segredo que arremessa nossos corpos à distância. Qual o volume e a espessura?

Parece que...

Mário foi visto a passeio em Petrópolis, após a morte. Não como alma penada, asno ou cachorro, mas assumindo a forma de um bípede implume (e barbudo). Parece Mário. Lembra Mário. Faltam provas cabais. Algo das feições desponta nos vãos da barba inculta. Elegante, educado, a camisa de seda e os sapatos coloridos. O rastro de perfume, com o qual Mário flanava, formam coincidências. Mudou-se nos idos de março de 1927. O sotaque italiano e o balé das mãos parecem denunciá-lo. Dizem tratar-se de cidadão chileno, um tal de Angel, segundo os vizinhos. Angel Baldovin.

[Milagre, 2021

Impossível sonhar. O noticiário como pesadelo. Um ano sem sair de casa. O vírus ficou mais jovem no Brasil. E mais perverso com as classes populares.]

Semelhança

Uma estranha e impiedosa alegria de viver. Angel vive desde quando decidiu pela morte civil. Vida que nega a precedente. Migram as iniciais MG para AB. Como provar a semelhança entre ambos? Não esqueço a pior das maldições: a descoberta do duplo, o lado escuro, independente de nós, capaz de cometer gestos inomináveis. Cuidado! Sangue frio, leitor, se você topar, algum dia, com seu rascunho especular: no meio da noite, quem sabe, sentado na cama, sob um pálido abajur.

Nota

A imaginação popular não conhece limite. O homem de Petrópolis, segundo o cartório, é de fato o chileno Angel, o de sotaque italiano, e não Mário. A polícia desiste de investigar uma ficção. Quem sabe se, no fundo, ou em linhas gerais, Angel será um espectro que migrou do papel para a vida, como os *Seis personagens* de Pirandello, vestidos de preto, para demarcar a linha da eternidade que nos distancia para sempre do mundo autônomo das ideias.

Hipótese

Mário pode ter assumido o lugar do espírito de Pirandello, ditando rios de tinta e induzindo o médium ao erro. São fatos corriqueiros de além-túmulo. Não se espante, se encontrar do outro lado engano e ilusão. O umbral é espaço ambíguo, por onde vagam espíritos dúbios, como ensina a doutrina dos espíritos. Assim, pois, de um só golpe, perdoo Pirandello e os livros do médium, salvos pela inocência, vítimas de pura maquinação. O espírito de Mário fala no lugar de Pirandello. Não sei o que pensar do diplomata, mas vejo-me na obrigação de agradecer, salvando-me do ciúme que senti de Pirandello, como se não honrasse nossa amizade. Com essa hipótese precária e tardia não desisto destas páginas.

Nada

Há momentos que chego a ter certeza de que nada e ninguém existe. Nem Pirandello. Nem Marta. Nem Mário. E por que deveriam existir ou deixar de, não sendo mais que sonho nossa vida? Dou um sinal de quem sou, mas isso não garante que assim me vejam, como também o sinal que me vem das pessoas e que reconfiguro dentro de mim. Sou habitado de muitas formas, por tensões que contrastam e mal sei definir a parte dominante nesse terreno pantanoso que me encerra. Não busco teus olhos. Não diriam coisa alguma sobre mim. Nada me diz. Nada me alcança. Ora, sou o primeiro a não saber de mim. Não encontro um mísero sinal. Custa forjar até mesmo uma frágil solução de continuidade. Nada sabemos de nós.

Dúvida

Destacamos o fato de não ter aparecido à cena nos intervalos o grande mestre Pirandello, como vinha fazendo nas noites anteriores, embora insistentemente chamado. Não sabemos como explicar esse retraimento. Ninguém sabe. Tenho para mim que decidiu caminhar a sós da Praça Paris ao Passeio Público. Gosto de imaginá-lo distante, embrenhado nos segredos noturnos da cidade, em suas feridas amargas. Havia estrelas. As dores deste mundo se atenuam quando olhamos para o céu. Os deuses nos deixaram. Resta um sentimento de infinito. E não é pouco.

[Favelas, 2020

A desigualdade social cobra juros abusivos. Negros e pobres pagam a conta nesta cidade partida e segregada.]

Veludos

Aroma de alturas perdidas. Pirandello sobe as escadas, sem que ela desse pela sua presença. Os ombros descolados, vestido leve, cabelos soltos, o azul da Guanabara nos olhos, braços finos e enérgicos, a embraçar o violão. Não havia nota que escapasse de suas mãos, nascidas para arrancá-las do repouso, onde se alternam golpes secos e pianíssimos aveludados.

Convite

Caminho no turbilhão do centro do Rio, enquanto nada sei de Marta. Sigo a procurá-la entre a multidão da avenida Rio Branco. Espero. Sinto sua ausência, carne futura, sem filhos. Agarro-me à ilusão de vê-la, ainda jovem, a deslizar na multidão. Basta saber encontrá-la, acenando a uma dama de olhos azuis, que dobra a esquina e não tornarei a ver. Seu duplo feminino, flanando na alma das ruas, sem norte, sem rumo, dentro de um sonho. Havia de convidá--la, entre os Largos de São Francisco e Carioca, para tomarmos um chá demorado na Casa Cavé. Marta: as formas insolúveis de um amor suspenso e o fim da tarde que ilude essa cidade, perdida de si mesma, e imemorial.

Drogas

As linhas do passado criam nós ambíguos no presente. A casa aberta, desabitada, evasiva, marcadas pelas estações. O piano mudo, cumpre um voto de silêncio. E castidade. Uma casa que se adensa nas fibras da memória.

Central do Brasil

Chegada de Pirandello ao Rio, 6 de setembro de 1927, após sucesso estrondoso na Paulicéia. A temporada no Rio será de apenas 10 récitas de assinaturas, sempre na língua original. Não poucos intelectuais e membros da Sociedade Brasileira de Teatro seguirão à tarde à Central do Brasil para festejar Pirandello e seu ilustre grupo de atores. Amanhã dia da independência do Brasil o espetáculo obviamente será de gala.

Hotel

O Correio da Manhã soube que Pirandello ficaria hospedado no Palace Hotel e postou um repórter no saguão. Luigi chega exausto da viagem de trem de São Paulo. Chega aos pedaços, mas não perde a elegância, o sobretudo claro, com lenço de seda amarrado ao pescoço, cara de poucos amigos.

— É o senhor Pirandello?

— Sim. Mas...

— Compreendemos está fatigado.

— *Não é só isso, temos que ir ao Copacabana Palace porque aqui não há lugar.*

— *Parece que o hotel está cheio com os membros da Conferência.*

— *Não me importa a conferência. Encomendei cômodos com antecedência e agora não há lugar!*

Pirandello desculpa-se com firme delicadeza, segundo as palavras do repórter que acabo de reproduzir. Luigi Pirandello promete uma entrevista no dia seguinte e segue diretamente para o Copacabana Palace. Houve quem resumisse tudo assim: *Pirandello em busca de hotel.*

Trepidação

Angel para mim não passa de um mistério, como aquelas figuras egípcias de perfil, cujo rosto escapa. Angel, como Pirandello, será também filho do Caos, mas não gerou uma estrela. Veio de outra ilha, ao sul do medo e suas raízes não permitem novas florações, longe do tronco ancestral, a quem recusa chancela em seus domínios, como se estranho lhe fosse ou inimigo. Não se reconhece na soma de equívoco e ilusão que o antecede. Quanto mais falo de Angel, ouço a voz de Mário, justo quando o médium sou eu, agora que é noite, também filho do Caos, o narrador, na iminência de criar uma leve trepidação de luz.

Vocativo

Marta: que nome havia de ser mais íntimo e ilusório, pairando sobre um rastro de sonho e sangue? O vocativo abraça uma comunidade de destino. Dona de si e de uma casa simbólica em ruínas. Quem nomeia imprime direção. Mas o nomeado ignora o percurso. Como na lei das partículas, a imposição de uma escolha: saber onde estamos ou então saber para onde vamos.

Arte da Fuga

As turnês não impedem seu trabalho: escreve em alto-mar, nas ferrovias, em quartos de hotel, durante as representações, noite e dia, raptado pelo ritmo, pela força do pensamento, pelo coro de vozes que atordoam sua audição, demiurgo e porta-voz do coro de seres que condenam seu estado larval. Penso na orelha de Pirandello e a *Grande Fuga* de Beethoven.

Templo

Marta é habitada pela distância, como a Diotima de Platão, dentro de um ocaso indeciso. Despoja-se de si. O vazio não pode assustá-la, nem teme o *horror vacui*. Povoada pelas almas penadas de Pirandello. Apenas o diâmetro e a fundura que se abismam dentro de seu coração. Como se um réptil se imiscuísse na beleza de outrora, para esfriar e amortecer a grave melodia do presente.

Mágoa

    Hora de cobrir seus passos na areia e apagar a mágoa da distância. O encanto de que se nutre seu espírito, o raio fulminante, quando seu rosto, cercado de nuvens, desata rudes tempestades.

Violetas

Uma constelação de estrelas novas: as Plêiades, tão jovens e antigas. Marta e Luigi andam na avenida Beira-mar. E dizem adeus ao mundo, ao cenário em que se movem, ao dialeto de um amor suspenso. Adeus, à cidade que mal se reconhece, aos motores céleres da história, aos deuses e planetas que apressam nossos passos para o nada.

Blue Velvet

Tomo o espanto da noite. Com seu manto que confunde e agasalha. Um gato franzino sonda os telhados enquanto a madrugada é levada na correnteza da História. Seus remoinhos criam zonas inquietas. Marta se apressa, como se alguém estivesse a persegui-la, dentro e fora do sonho. Só o tempo dirá o fim desse escuro colóquio.

M & L 6

Marta: Quantas coisas passam pela minha cabeça. É preciso não me perder, nem perder os dias que se tornam meses, anos, que não voltarão jamais.

Luigi: Uma vida suspensa. Um modo circular. As noites insones. O que resta do que fomos: o azul das manhãs cariocas.

Enigma

Luigi sonha. Uma presença distante, perdida na névoa, ferida de espanto. A bruma revoga o vermelho das papoulas. Sonha com a mãe. Mil cartas que não chegam. Sua mãe num oceano de cartas vazias. Gerânios e papoulas. Cartas mudas, que se perdem no céu em chamas do Rio de Janeiro.

Expoentes

Se não me falha a memória, um pequeno grupo de artistas e homens de letras oferece banquete para Marta e Pirandello, no restaurante Sul-América, na Sete de Setembro. Lembro alguns nomes: o crítico teatral Paulo Magalhães e o presidente da Academia Rodrigo Otavio Filho, Paulo Hasslocker, Jaime Costa, Marques Porto, Castro Rebelo. E uma taça erguida. Um Brinde a Marta e Pirandello — "maiores expoentes do teatro moderno".

Paraíso

Pirandello não sabe distinguir princípio e fim, amor e morte. O Caos prevalece, desde as obras de Hesíodo. A memória da espécie é confusa, perdida nos primórdios, desde a expulsão do Paraíso, qualquer que tenha sido ou deixado de ser. Velho temor da era dos gigantes. Pirandello ignora se ele próprio é quem sonha com Marta ou se é a espécie ancestral que sonha por ele e move estranhos sinais, poucos dias antes de morrer, longe do Rio, na Sicília.

Lado esquerdo

A insônia arrebatou seu coração. A cada amanhecer, Marta se afoga num desmedido sopor. A carne mais dura que a pedra. E o duplo, à espreita, pronto a armadilhar o erro mais ínfimo e induzi-la a novas tentações.

Nota

Pequena paz no lado esquerdo do peito. Apenas e tão-somente, Pirandello, enquanto houver peito. E um ínfimo pedaço de paz.

Combate

Marta busca silenciar o combate que se prolonga, sem armistício, no corrosivo intervalo das cartas com Pirandello. Sente-se presa num círculo de fogo. Apura os ouvidos, Marta. Os mortos usam uma língua indecifrável e tecem, como pássaros, um canto doloroso.

Pósteros

Vivemos de um precário absoluto. Entre os que nos precederam e a quem antecipamos, em trânsito ancestral. Ignoramos a terceira e a quarta geração e seremos igualmente esquecidos pelos que não vieram. Inútil sêmen de quanto há de restar. Quem poderia cuidar de tamanha desaparição?

Hades

Perdoa esse meu veneno, que à revelia de mim, sirvo em cálices esbeltos, Marta, escuro veneno, que arrasta quem de mim se aproxima, de forma involuntária, a meu inferno pessoal.

Tempestades

Deve-se refutar o medo e a melancolia. Sua presença põe tudo a perder, dias que engolfam os dias, noites brancas, por onde o vazio se insinua áspero como um cacto selvagem. Mas é o temor de estarem vivos que une Marta e Pirandello. Mais vivos do que pensam. Combatem o líquido horizonte e se premunem de um fatal amanhecer.

Azul

A cidade e as paixões alegres. O centro do Rio cria um conceito abstrato: miragem de uma Paris dos trópicos, bela, infame e desigual. Apura-se o azul da Guanabara e a vida corre nos canais do mundo. E como insiste o negativo, presença inversa. O lado oculto da página.

M & L 7

Marta: Fiquei feliz de ouvir tua voz.

Luigi: Tua voz, Marta, um fio de Ariadne. Pertenço ao labirinto de teu corpo, vedado e luminoso.

Teatro Ligeiro

Ao discorrer sobre o teatro na América Latina, Pirandello reclama de dramaturgos que podem oferecer uma contribuição original capaz de arrancar o público de um teatro ligeiro ou leviano. Seria preciso enfrentar o mau gosto e não seguir a fórmula do menor esforço e do máximo rendimento. Para ele, trata-se de um público bem formado e não seria, portanto, difícil modificar suas preferências.

Tardia

A voz escura do passado. Pirandello, quase um século depois, não perde o viço, enquanto Marta parece mais vagarosa. Talvez grave. Uma fenda no orgulho. Castelo de cartas ao sabor do mundo. Sopram os ventos da História. Combate de anjos e demônios. Vejo uma entrevista de Marta no fim dos anos 60. Personagem que se afoga em campos abissais.

Dispersão

A narrativa a que procuro dar vida move-se como um patchwork, colcha de retalhos, mosaico bizantino, sem glória e resplendor. Eu me apego a um fio de unidade, como quem amarra, para que não fujam ou se entrechoquem, contrários, sobrepostos, um rebanho de fragmentos, vozes que se nutrem de um centro móvel. Sou um pastor vencido pela dispersão reativa das partes. Quanto mais me aproximo, tudo se afasta. Cresce a taxa de dispersão. Como se precisasse entrar na história, para deter saltos e derivas. Após colar todas as partes, tão implicado me vejo na história, que não consigo sair. Teria de romper a fina membrana e o precário equilíbrio do desenho.

Nota

A Companhia de Pirandello deixa o Brasil no dia 18 de setembro de 1927.

[Ossos 2021

Os mortos da pandemia crescem. Os mais desprovidos foram lançados em fossas comuns. Um verdadeiro apagão da memória. Será preciso reunir todos os ossos e identificá-los, restituir o nome e a história, em mosaico, tal como a história de Pirandello no Rio.]

Rouxinol

A sombra e o rocio da noite pousam nos ombros de Marta, com o peso de um céu pespontado de estrelas. Ela, que mal suporta o rouxinol da literatura, adere a formas desusadas. Como dominar a sede, senão abandonando-se em seus braços? E, de repente, Marta, o vazio profundo, frases feitas, monólogos frios em que se agasalha, por mais de um século, seu coração de pedra.

Destino

Morremos todos na pandemia. Cada qual a seu modo. Uma parte do que fomos. Uma geração. Os mortos reclamam seu quinhão. E são estes que enterram os vivos. Somos personagens em busca de autor. Ou da força do destino. Não posso afirmar que a Marta destas páginas chegou a existir, nem mesmo Luigi, com seus laços de amizade. Se me permite, leitor, desconfio que você exista. Seu índice abstrato supera o das personagens. Quanto a mim, antes mesmo de Pirandello, me despeço. A vida é sonho. Um, nenhum e cem mil. Preciso de uma orelha: que me esclareça algumas pistas. As coisas secretas demoram nas frases, ao longo da branca superfície. Não saio do jardim. Volto ao piano. Sem partitura. Bebo o silêncio que me assalta. Estou pronto para a *Grande Fuga*.

Sobre o autor

Marco Lucchesi (Rio de Janeiro, 1963) poeta e escritor, ensaísta e tradutor. Membro da Academia Brasileira de Letras e atual presidente. Recebeu diversos prêmios, dentre eles o Jabuti, o prêmio Marin Sorescu (Romênia), o prêmio do Ministero dei Beni Culturali (Itália) e o prêmio Alceu Amoroso Lima, pelo conjunto de obra poética.

Esta obra foi composta pela Editora Rua do Sabão e impressa em papel couche brilho 150g/m² para capa e Pólen Soft 80g/m² para miolo.